우리 집 하수도에 악어가 산다

SEOUL, 2008

_키트리와 뱅상에게

우리 집 하수도에 악어가 산다

초판 제1쇄 발행일 2008년 9월 16일
초판 제44쇄 발행일 2022년 3월 20일
글 크리스티앙 레만 그림 베로니크 데이스 옮김 이정주
발행인 박헌용, 윤호권 발행처 (주)시공사
주소 서울시 성동구 상원1길 22, 6-8층 (우편번호 04779)
대표전화 02-3486-6877 팩스(주문) 02-585-1247
홈페이지 www.sigongsa.com/www.sigongjunior.com

ISBN 978-89-527-8692-0 74860
ISBN 978-89-527-5579-7 (세트)

*시공사는 시공간을 넘는 무한한 콘텐츠 세상을 만듭니다.
*시공사는 더 나은 내일을 함께 만들 여러분의 소중한 의견을 기다립니다.
*잘못 만들어진 책은 구입하신 곳에서 바꾸어 드립니다.

KC마크는 이 제품이 공통안전기준에 적합하였음을 의미합니다.
제조국 : 대한민국 사용 연령 : 8세 이상
책장에 손이 베이지 않게, 모서리에 다치지 않게 주의하세요.

우리 집 하수도에 악어가 산다

크리스티앙 레만 글 • 베로니크 데이스 그림 • 이정주 옮김

시공주니어

우리 집 하수도에
악어가
산다

　프린느의 삶이 순식간에 엉망진창이 된 건
토마스가 세 살이 되면서부터였어요. 그 전까지는
토마스가 그렇게 골칫거리는 아니었지요.

　그런데 어느 날, 엄마가 발가벗은 채 두 팔을 쫙
벌린 토실토실한 남동생을 안고 욕실에 들어왔어요.
그러더니 프린느한테는 물어보지도 않고, 프린느가
기분 좋게 목욕하고 있는 거품 욕조에다 토마스를
쑥 집어넣는 거예요.

"애가 물속에 머리를 처박지 않게 잘 봐. 비누도
먹지 못하게 하고……. 엄마는 저녁 준비를 해야
하니까…… 십 분만 봐 줘. 금방 올게."

프린느는 어이가 없어서 말이 안 나왔어요.
프린느한테 저녁 목욕 시간은 하루 중에서 최고로
기분 좋은 시간이란 말이에요. 프린느는 이따금
욕조에서 한 시간 가까이 놀았어요. 물고기처럼
헤엄치고, 돌고래처럼 물을 뱉고, 바다표범처럼
잠수하다가 손가락과 발가락이 건포도처럼

쭈글쭈글해져야 물 밖으로 나왔지요. 그런데
꼼짝없이 동생이나 봐야 한다니…… 프린느는
기가 막혔어요.

　프린느한테 십 분은 끔찍했어요. 동생이 샴푸를
삼키지 못하게, 낡은 수도꼭지에서 떨어지는 뜨거운
물방울에 손을 갖다 대지 못하게 막느라 정신이
없었어요.

　결국 어처구니없는 일이 벌어졌어요. 토마스가
보란 듯이 일어나더니 눈을 지그시 감고서 욕조에다
마구 쉬를 하는 거예요.

마침 엄마가 들어왔어요. 엄마는 수건을 집으며
말했어요.

"자, 자, 나가자……. 십오 분 뒤면 손님들이 오실
거야……."

프린느는 엄마한테 일렀어요.

"엄마, 토마스가 욕조에 오줌을 쌌어요."

야속하게도 엄마는 못 들은 척했어요.

토마스는 수건을 보더니 도로 물속에 쏙 앉으며
손가락으로 프린느를 가리켰어요.

"누나 먼저 나가!"

프린느는 이것만 빼고는 다 예상했어요. 프린느는
고개를 돌려 저 뻔뻔한 동생 좀 보라고 엄마를
쳐다봤어요. 하지만 엄마는 짜증이 가득한 얼굴로
프린느의 팔을 휙 잡아당겼어요.

"너부터 나와, 프린느! 엄마가 할 일이 많다고
했지……."

프린느는 볼멘소리로 말했어요.

"하지만 난 지금 나가고 싶지 않아요."

"엄마 말 좀 들어. 삶이 그런 거야. 사람이 하고
싶은 대로 다 하고 살 수는 없어."

프린느는 누나니까 더 있겠다고 반항하고
싶었지만, 엄마는 벌써 프린느를 욕조 밖으로
끌어내 쪼끄만 수건으로 물기를 탁탁 닦았어요.

"네가 누나니까 모범을 보여야지……."

프린느는 억울하고 분해서 토마스를 째려봤어요. 토마스는 어깨를 으쓱이며 씩 웃었어요. 녀석은 욕조에 편안하게 누우며 얄밉게도 엄마의 말을 따라 했어요.

"삶이 그런 거래잖아!"

여기까진 아무것도 아니었어요. 진짜 악몽이 시작됐지요. 그때까지 엄마나 아빠랑 목욕하던 토마스는 누나랑 목욕하는 게 훨씬 더 재미있다는 걸 알았거든요. 엄마는 전처럼 토마스를 데리고 목욕하려고 했지만, 토마스가 싫다며 고래고래 소리쳤어요. 결국 엄마는 항복했고, 토마스 뜻대로 됐어요.

이게 다가 아니에요.

토마스는 한 번도 얌전히 물에 들어간 적이

없어요. 거치적거리는 별별 장난감은 다 갖고
들어가 프린느를 불편하게 했어요. 프린느는 조금만
움직여도 천하무적 슈퍼 로봇을 깔고 앉거나
물방울을 쏘는 핵잠수함에 무릎을 박았지요. 이보다
더 끔찍한 건 찬물이나 썩은 물이 가득 든 형광색의
초강력 물총으로 배나 엉덩이에 물세례를 받는
거였어요.

　따뜻한 물에 몸을 푹 담그고 인어가 되는 상상을

하며 노는 건 이제 옛날이야기가 됐어요. 프린느는 동생의 팔꿈치에 치이지 않기 위해 요리조리 피하며 재빨리 씻고 나와야 했지요.

엄마가 프린느를 닦아 주는 동안, 물속에서 장난을 치는 동생을 보는 건 정말 괴로운 일이었어요. 그래서 프린느는 동생을 먼저 내보내려고 애썼지만, 한 번도 성공하지 못했어요. 엄마는 한 번은 프린느 먼저, 한 번은 토마스 먼저 번갈아 나오라고 했지만, 토마스가 싫다고 빽빽 소리를 지르는 통에 프린느의 마지막 희망마저 산산조각이 났어요.

프린느는 동생의 투정을 다 받아 줘야 하는 벌을 받은 것 같았어요. 하지만 마음 깊은 곳에서는 토마스는 물속에 오래 있건 말건 별 상관이 없을 거란 생각이 자꾸 들었어요. 그러니까 누나를 골탕 먹이려고 동생이 일부러 그러는 것 같았어요.

프린느는 비데에 앉아 머리를 빗으면서 토마스를 노려봤어요. 토마스는 전혀 몰랐지요.

그러던 어느 날, 우연찮게 프린느에게 복수의 기회가 찾아왔어요.

토마스가 평소처럼 물을 빼지 않고 욕조 밖으로 나오려고 하자 프린느가 지친 목소리로 엄마 잔소리를 흉내 냈어요.

"얘, 수챗구멍(집 안에서 버린 물이 흘러가도록 만든 구멍 : 옮긴이) 마개는 저절로 빠지지 않아……."

토마스는 못마땅한 듯 잔뜩 찌푸린 얼굴로 누나를 째려보고는 회색 비눗물에 손을 집어넣어 가는 금속 줄을 잡아당겼어요. 엄마가 수건으로 토마스를 닦아 주고 잠옷을 입히려는데, 욕조 밑에서 걸걸대는 이상한 소리가 한참이나 났어요. 엄마랑 토마스랑 프린느가 욕조를 들여다봤을 때는 이미 늦었지요. 토마스가 애지중지하는 장난감 중 하나인, 누나

발가락 꼬집을 때 잘 쓰는 초록색 플라스틱 악어가
수챗구멍 속으로 쏙 사라졌거든요. 어떻게 손 쓸
틈이 없었어요.

프린느는 '고것 참 쌤통이다!'라는 말이
목구멍까지 올라왔지만, 토마스가 달랠 수도 없게
왕왕 울어 대는 통에 그냥 잠자코 있는 게 낫겠다는

생각이 들었어요. 괜히 잘못 말했다가 엄마한테
혼나지 않게 말이에요.

　프린느는 짐짓 안됐다는 표정을 지으며 얼른
욕실을 빠져나와 안방으로 갔어요. 안방에는
텔레비전이 켜져 있었어요.

　프린느는 텔레비전 앞에서 소리 나지 않게
폴짝폴짝 뛰며 좋아했지요. 그러다 순간, 프린느의

시선이 텔레비전 화면 속 파충류의 까맣고 째진
눈에 꽂혔어요.

프린느는 악악대는 토마스에게 신경을 끄며
성우의 설명에 귀를 기울였어요. 성우는 미국
플로리다 늪지대의 환경을 설명하고 있었어요.
프린느는 악어의 매력적인 눈을 넋 놓고 바라보다가
문득 좋은 수가 떠올랐어요.

다음 날도 토마스는 여전히 못되게 굴었어요.
하지만 프린느는 토마스가 꽥꽥 고함을 쳐도,
물을 튀겨도 꾹꾹 참았어요.
프린느는 재빨리 몸을 씻고, 엄마가 듣지 않나
주위를 확인한 다음, 짐짓 다정한 목소리로
동생에게 말했어요.
"네가 먼저 나갈래?"
"싫어!"

토마스는 프린느에게 거칠게 물을 튀기며 고함을 쳤어요.

프린느는 흔들리지 않고 침착하게 말했어요.

"정 그렇다면 할 수 없지…… 그렇게 네 목숨을 걸고 싶다면……."

프린느는 벌떡 일어나 수건을 집었어요. 프린느가 욕조 밖으로 나가려고 하자, 토마스가 불안한 듯 물었어요.

"내 목숨을 걸어?"

프린느는 천사 같은 표정을 지으며 동생을 돌아봤어요.

"응. 그러니까…… 네가 무섭지 않다면, 그렇게 기어코 위험을 무릅쓰겠다면, 내가 상관할 바 아니지."

토마스는 침을 꼴깍 삼키며 물었어요.

"뭐가 무서운데?"

프린느는 도로 물속에 앉으며 생각만 해도
무섭다는 듯이 입을 쫙 벌렸어요. 아무것도 모르는
토마스는 어리둥절했지요. 프린느는 혹시 다른
사람이 엿듣지 않나 주변을 잘 살폈어요. 그러고는
손가락으로 욕조 바닥을 조심스럽게 가리키며
중얼거렸어요.

"악어가…… 수챗구멍 속에 악어가 있어……."

그 말에 토마스의 눈이 휘둥그레졌어요.

"아주 먼 옛날에……."

프린느는 태연하게 이야기를 시작했어요.

"아주 먼 옛날에, 엄마 아빠가 태어나기도 전에,
할머니 할아버지의 할머니 할아버지가 초등학교에
다닐 때, 동물 가게에서 아기 악어를 팔았대. 아기
악어는 크기가 고작 오 센티미터밖에 안 될 정도로
쪼끄마했어. 아이들과 아이들의 부모들 사이에서는
아기 악어 키우기가 유행이었지. 아기 악어의

피부는 어른 악어처럼 쭉쭉 금이 가거나
우툴두툴하지 않고, 부드럽고 반들반들했어. 눈도
매섭고 알 수 없는 눈빛이 아니라 다정하고 믿음이
가는 눈빛이었고. 이빨도 딱딱하거나 날카롭지
않고, 작고 말랑말랑해서 아기 악어가 물면 꼭
간질이는 것 같았대. 아기 악어는 성격도 조용하고
온화해서 어떤 아이들은 자기 발밑에 두고 자게

했어. 어떻게 보면 애완용 용 같았지."

프린느는 이해를 돕기 위해 비유를 들었어요.
이야기에 푹 빠진 토마스는 대답 대신에 고개를
끄덕였어요.

"그러던 어느 날이었어……."

프린느는 으스스하게 분위기를 바꿨어요. 동생이
어깨를 잔뜩 움츠린 걸 보니, 속으로 신이 났어요.

"아기 악어는 빵 부스러기, 과자 조각, 유통
기한이 한참 지난 요구르트를 먹으면서 쑥쑥
자라났어……. 점점 식욕도 왕성해지고,
사나워졌지. 그러던 어느 날 아침, 악어를 키우던
어떤 사람이 악어를 좀 꾹꾹 쓰다듬고, 과자를 자꾸
주느라 악어 입 앞에 손을 한참 내밀고 있었던
모양이야……. 콱! 악어의 입속으로 손가락 두 개가
쑥 들어갔어. 보통 그렇게 물리면 큰 붕대를 칭칭
감아야 했지."

프린느는 '보통'이란 말에 힘을 주었어요.
그런 일이 자주 일어났다는 걸 강조해서 동생을
겁주려고요.
　토마스의 눈이 움직이지 않고, 아무 말도 못하는
걸 보니까 프린느의 작전은 대성공이었어요.
프린느는 동생을 골탕 먹이려던 원래의 작전은 거의
잊은 채 자기 얘기에 푹 빠져 버렸어요.

토마스가 용기를 내어 입을 열었어요.

"그래서 어떻게 됐어?"

"그래서 아기 악어를 샀던 부모들은 독하게
맘먹고 결정을 내려야 했지. 자식이 조르는 대로
악어를 사 준 엄마나 아빠는 그 일로 부부 싸움까지
하게 됐어. '이게 다 당신 때문이야! 애들이 바라면
잘도 사 주면서 나한테는 십 원 한 장 안 쓰지! 내

생각은 조금도 안 해! 악어는 당신이 샀으니까,
당신이 알아서 처리해······.' "

 "알아서 처리해? 말은 쉽지······. 몇몇 맘 약한
부모들은 처음엔 어떻게든 악어를 길들이려고
애썼어. 주인의 말을 잘 듣고, 사나운 성질을
누그러뜨리는 법을 가르치려고 했지. 하지만 말짱
도루묵이었어. 걸핏하면 악어에게 물려 병원
응급실을 오갔거든. 결국 맘 약한 부모들도 다른
사람들처럼 확실하게 처리하기로 했어. 악어를

완전히 없애 버리는 거지. 하지만 어떻게?"

"악어는 자라면서 점점 고집이 세지고,
위험해졌거든. 간단하게 빗자루로 툭 때려 죽일

수도 없었어. 쓰레기봉투에 넣어 내다 버릴 수도
없고 말이야. 봉투를 갈기갈기 찢어 버릴 테니까.
동물 협회에 보내거나 쥐도 새도 모르게 한밤중에
동물원에 버리는 것도 불가능했어. 어떻게 악어를
없애 버릴까 이리저리 고민하던 사람들은 서로
정보를 나눈 것도 아닌데, 모두 똑같은 결론을
내렸어. 하나같이 똑같은 방법을 떠올렸지. 악어는
물에 살면서 온갖 오물을 먹고 살잖아. 그러니까
악어를 빠르고 확실하게 처리할 가장 좋은 방법은

악어를 화장실 변기에 넣어 목욕을 시키다가 악어가
방심한 틈을 타 재빨리 물을 내리는 거야.”

"악어야, 영원히 안녕이다! 너한테 물리는 것도,
쿠션을 뜯기는 것도, 양탄자가 찢어지는 것도
영원히 안녕이야! 거참 속 후련하다!”

갑자기 프린느는 목소리를 낮췄어요.

"하지만 성가신 녀석들을 한 방에 해치웠다고
좋아했던 부모들은 사실은 진짜 끔찍한 악몽이
시작되었다는 걸 몰랐지……."

욕조의 물이 식었어요. 하지만 토마스는 전혀
느끼지 못했어요. 프린느는 말을 이었어요.

"곧 이상한 일들이 일어나기 시작했어. 하수도
청소부들이 지하 하수도에 청소하러 내려가지
않으려고 하는 거야. 글쎄 더러운 하수도 물에
기다랗고 미끈거리는 괴물이 입을 쩍 벌리고 있다지

뭐야. 몇몇 청소부들은 청소하러 하수도에
내려가느니 차라리 일을 그만두겠다고 했어. 결국
대도시의 화장실이란 화장실은 죄다 막혀 버렸지.
그리고 악어를 키웠던 사람들은 멀리 이사를 가야
했어. 멀리 시골로 도망쳐야 했지."
  토마스는 프린느에게 들릴락 말락 한 목소리로
물었어요.

"왜?"

"악어들은 자기들을 버린 주인을 잊지 않았거든. 녀석들은 하수도를 따라 옛날에 살던 집 밑으로 기어 와 욕조 밑에 자리를 잡았어……."

토마스의 목소리가 더 기어들어 갔어요.

"그래서?"

"그래서 악어들은 옛 주인이 욕조의 수챗구멍 마개를 뽑을 때, 그 틈을 타 주인의 손을 와락 물려고 했어. 진짜로 배고파서라기보다 복수하려고. 가끔 욕조에서 물이 빠질 때 요란하게 걸걸대는 건…… 수챗구멍 속의 악어가 분통을 터뜨리며 울부짖는 소리야……."

프린느의 이야기가 끝났어요. 때마침 엄마가 수건을 들고 욕실에 들어왔어요.

"자, 애들아, 나가자. 저녁 다 됐다. 프린느, 너부터 나가야지?"

하지만 엄마의 말이 끝나기도 전에 토마스가
벌떡 일어나더니 후다닥 욕조 밖으로 뛰쳐나가
엄마 팔에 매달렸어요.

"아니, 아니, 아니! 나 먼저 나갈래!"

엄마는 해가 서쪽에서 뜨겠다는 듯이 프린느를
쳐다봤어요. 프린느는 시치미를 뚝 떼며 자기도
모르겠다는 듯이 어깨를 으쓱했지요.

프린느는 엄마가 동생을 데리고 나가길
기다렸어요. 잠시 뒤, 혼자 남게 된 프린느는
더운물을 더 틀고 욕조에 온몸을 쭉 뻗었어요.

프린느는 자기가 이렇게까지 이야기를 잘할 줄은
몰랐어요. 그래서 마음에 좀 찔리기는 했지요. 그 뒤
토마스는 점점 목욕하기 싫어했어요. 겨우 겨우
물에 들어가도 말도 하지 않고, 꼼짝도 않고, 초강력
물총을 움켜쥔 채 수챗구멍만 뚫어져라 쳐다봤어요.
　조만간 토마스가 엄마한테 다 말할지 몰라요.
프린느 생각에는 분명히 그럴 것 같았어요. 그러면
엄마가 어떻게 나올지 안 봐도 뻔하지요…….
그래서 프린느는 다시 평화를 찾았지만, 여전히
마음 한구석이 꺼림칙했어요. 프린느는 토마스에게
자기 이야기를 곧이곧대로 믿을 필요가 없다고,
그저 옛날이야기일 뿐이라고 넌지시 말했지만,
소용없었어요. 토마스는 잔뜩 긴장한 채 수챗구멍
마개만 바라보며 혹시라도 물속에서 금속 줄이
부르르 떨지 않나 살폈어요.

다음 수요일, 결국 사건이 터지고 말았어요. 그날 프린느는 생일을 맞은 반 친구 집에서 놀고 있었어요. 엄마한테는 저녁 여섯 시 전에는 집에 가겠다고 약속했지요.

친구 집 지하실에서 신 나게 숨바꼭질을 하던 프린느는 멀리서 교회 종이 여섯 번 울리는 걸 들었어요. 프린느는 서둘러 친구들에게 인사를 하고 집까지 냅다 달렸어요. 시간 가는 줄 모르고 놀다가 엄마한테 혼나게 생겼다고 후회했지요.

집 앞에 다다른 프린느는 길모퉁이에 지저분한 회색 트럭이 세워져 있는 걸 봤어요. 하지만 유심히 보진 않았어요. 반쯤 열린 하수도 뚜껑 옆에는 '공사 중'이란 팻말이 있었어요.

"엄마! 엄마! 나 왔어요! 늦은 건 내 탓이 아니라 소피가 자꾸 숨바꼭질하자고 못 가게 하는 바람에……."

프린느는 큰 소리로 외치며 계단을 성큼성큼
올라갔어요. 방마다 힐긋힐긋 보며 욕실로
뛰어갔지요. 이 시간이면 엄마와 토마스는 욕실에
있을 테니까요. 하지만 욕실에 들어선 프린느는
공포에 질려 그 자리에 얼어붙고 말았어요.
프린느가 오기 바로 전에 무시무시한 일이 일어난
것 같았어요.

욕조 안의 물은 다 빠지지 않은 채였어요. 프린느
눈앞에서 비누 거품이 수챗구멍 속으로 사라졌어요.
욕조에 남아 있던 마지막 물방울들이 꼴깍꼴깍하고
수챗구멍으로 넘어가자, 프린느는 별별 생각이 다
떠올라 소름이 확 끼쳤어요. 순간 물이 빨갰고,
빨간 피였다는 생각이 들었어요. 수챗구멍에서
마지막으로 꼴깍하는 소리가 나면서 끈적끈적한
거품이 크게 부풀다 퍽 하고 사라졌어요. 프린느는

덜덜 떨면서 멍한 눈으로 주위를 둘러봤어요.

　참혹한 현장이었어요. 뭐가 가장 끔찍하다고
말해야 할지 모를 정도로요. 토마스가 누나 빗을
몰래 숨기던 빨래 바구니는 욕조와 선반 사이에
있어야 하는데, 바닥에 뒤집어져 빨랫감이 다
쏟아져 있었어요.

　초강력 물총은 거무튀튀한 게 묻어 바닥 구석에
처박혀 있고, 젖은 수건은 욕실 가장자리에 걸쳐져

있었어요. 프린느는 고개를 들다 가장 끔찍한
모습을 보고야 말았어요. 수도꼭지 위 타일에 붉은
자국이 있는 거예요. 피 묻은 작은 손자국이에요.
프린느는 목이 콱 메었어요.

비명을 지르고 싶었지만, 엄마와 토마스만 간신히
불렀어요. 하지만 아무 대답이 없었어요. 욕조의
검은 수챗구멍이 프린느를 보며 비웃는 것
같았어요.

초저녁 거리는 이상하리만치 휑했어요. 프린느는
한 손엔 동생의 초강력 물총을, 다른 손엔 부엌에서
찾은 손전등을 들고서 길모퉁이까지 뚜벅뚜벅
걸어갔어요. 프린느는 '공사 중' 팻말을 돌아 하수도
구멍 앞에 멈춰 섰어요. 회색 트럭은 사라졌어요.
프린느 혼자뿐이었지요.

프린느는 물총과 손전등을 내려놓고, 하수도

뚜껑을 있는 힘껏 끌어당겼어요. 처음에는 꿈쩍도
안 했어요. 프린느 머리 위로 하늘이 시커메지더니
굵은 빗방울이 타닥타닥 아스팔트 길을 때렸어요.
프린느는 계속해서 무거운 뚜껑을 끌어당겼어요.
뚜껑이 조금씩 조금씩 움직이더니 들어갈 수 있을
만큼 넉넉하게 열렸어요.

　빗방울이 더 굵어졌어요. 차가운 바람이 불어와

프린느의 머리카락이 땀에 젖은 이마에 달라붙고,
자잘한 자갈들이 다리를 때렸어요. 번개가
번쩍거리며 시커먼 하늘을 갈랐어요. 프린느는
하늘을 한 번 쳐다본 뒤, 손전등을 켜고 어두컴컴한

구멍 속으로 들어갔어요.

　안은 또 다른 세상이었어요. 프린느는 자기
발밑에 오래전부터 이런 세상이 있었다는 게
믿어지지 않았어요.

　프린느는 좁다란 가장자리 돌 위에 섰어요. 바로
몇 센티미터 아래 더러운 물이 흐르고, 악취 나는
뭔지 모를 잡동사니들이 둥둥 떠다녔어요. 프린느는
건전지를 아끼기 위해 손전등을 껐어요. 캄캄한
어둠 속에서 움직이지 않고 가만히 서서 자기가
어디에 있나 살폈어요.

　지하의 미로는 저 위 조용한 가로수 길과는 영
딴판이었어요. 사실 프린느는 다른 행성에 착륙한
것 같았어요. 아니, 솔직하게 말하면, 낡아 빠진
사다리를 타고 내려온 게 마치 지옥으로 가는
계단을 내려온 것 같았어요.

프린느는 출렁대는 더러운 물에 빠지지 않으려고
손으로 벽을 짚으며 프린느네 집 하수도로 통하는
갈림길로 몇 미터 걸어갔어요. 프린느는 앞에 뭐가
나타날지 알 수 없었어요. 아니, 생각하고 싶지도
않았어요. 수챗구멍 속 악어가 토마스를 해치웠다면
뭐가 남았겠어요? 어쩌면 아무것도 없을 거예요.
머리털조차 남아 있지 않을 거예요. 악어가
토마스를 한입에 삼켰을지도 몰라요…….

프린느는 괴물이 주변을 돌아다니고 있다면
분명히 인간의 살 냄새를 맡았을 것 같아
오싹했어요. 그래서 토마스의 초강력 물총을 더
세게 쥐었어요. 저 멀리 하수도 본관에서 먹먹하게
울부짖는 소리가 들렸어요. 프린느는 재빨리 소리
나는 쪽으로 손전등을 비췄어요. 무슨 충격을
받았는지 물 표면이 흔들리면서 더 고약한 냄새가
났어요.

프린느는 갈림길까지 천천히 걸어가 갈림길로 빠지기 위해 몸을 잔뜩 구부렸어요. 수십 년간 쌓인 쓰레기와 오물로 범벅된 끈적끈적한 흙덩이들이 프린느의 머리와 등에 뚝뚝 떨어졌어요. 프린느는 쪼그려 앉아 축축하고 미끄럽고 경사진 하수도관을 엉금엉금 기어올랐어요.

뒤에서 또 울부짖는 소리가 들렸어요. 이번에는 더 가까웠어요. 공포가, 형체를 알 수 없는 공포가 프린느를 조여 왔어요. 금세라도 뒤에서 날카로운 이빨이 프린느의 다리를 콱 물어 질질 끌고 갈 것만 같았어요. 그 생각에 프린느는 휙 뒤돌아 하수도관을 비췄어요. 좁은 공간에서 움직이니까 팔꿈치와 엉덩이가 이리저리 부딪쳤어요. 프린느는 악어가 아주 가까이 있다는 걸 직감으로 알았어요. 교활한 녀석이 소리 내지 않고 프린느를 뒤쫓는 게 분명해요.

손전등 불빛 때문에 벽에 그림자가 많이
생겼어요. 프린느는 사시나무 떨 듯 떨었어요.
토마스를 삼킨 악어는 어떻게 생겼을까요?
상상하는 건 어렵지 않아요. 빛이 전혀 들어오지
않는 이 어두컴컴한 하수도에서 평생을 살았을
테니, 피부색을 다 잃었을 거예요. 병든 것처럼
희끄무레하고 창백하겠지요. 왜 이끼 긴 돌을 들어
올렸을 때, 그 밑에 숨어 있다 놀라서 와글대는
벌레들을 보면 반투명색이잖아요.

또다시 울부짖는 소리가 나더니 점점 커졌어요.
이를 어째! 프린느의 냄새를 맡은 괴물이 프린느를
향해 전속력으로 헤엄쳐 오고 있는 게 분명해요!
프린느는 손전등을 저 멀리 하수도 본관에 흐르는
더러운 물줄기에 비췄어요.

물 표면에서 어마어마한 소용돌이가 일었어요.
프린느는 비명을 지르고 싶었지만, 점점 커지는

괴물 소리에 프린느의 목소리가, 프린느의 신음
소리가 묻혔어요.

　프린느는 등 뒤로 끈적거리는 흙벽이 덜덜 떨리는
걸 느꼈어요. 프린느는 괴물 입속으로 미끄러지지
않으려고 좁다란 하수도관에 등을 바싹 대고,
동생의 초강력 물총을 휘휘 휘둘렀어요. 물총엔
이를 없애는 특별한 샴푸가 가득 들어 있거든요.
이 물총에 맞으면 눈이 엄청 따가웠는데…….

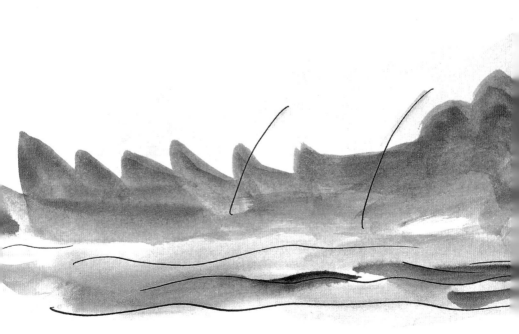

또 동생 생각이 났어요.

　프린느는 동생의 원수를 갚아 줄 거예요.
수챗구멍 속 악어를 가만두지 않을 거예요.
이 물총을 쏴서 눈을 멀게 할 거예요.
　울부짖는 소리가 더 커졌어요.

갑자기 프린느 발밑 몇 미터 아래에서부터 하수도 물이 빠른 속도로 차올랐어요. 프린느가 서 있던 가장자리 돌을 뒤덮고, 저 멀리 하수도 본관을 메우고, 하수도관을 거슬러 올라왔어요. 프린느는 공포에 질려 꺅 비명을 질렀어요. 경사진 좁은 하수도관에 손발을 짚고서 다급하게 뒷걸음질 쳤어요. 그 바람에 손전등과 물총이 손에서 떨어져 나가 부글거리는 구정물 속으로 사라졌어요. 사방이 캄캄하고 토할 것 같은 냄새로 진동했어요.

더러운 하수도 물은 어느새 프린느의 신발을 핥고 다리를 적셨어요. 프린느는 뒤로 더 물러서려고 했지만, 하수도관이 좁아져서 더는 물러설 수가 없었어요. 프린느는 자기가 어디에 있는지, 어디가 위이고 아래인지 감을 잡을 수가 없었어요. 벽을 짚은 손과 발이 서서히 미끄러져 내렸어요. 그러다 뭔가에 탁 걸렸어요. 프린느는 손을 위로 뻗어 벽에

갈라진 틈을 찾았어요. 오른손에 작고 뾰족한 게
만져져서 그 우툴두툴한 걸 꽉 움켜쥐었어요. 순간,
기적처럼 물살이 약해지면서 빠져나가는 거예요.
그러는 통에 프린느의 신발 한 짝이 쓸려 갔어요.
하지만 프린느는 그것도 몰랐어요. 하수도 본관에
찼던 하수도 물은 무섭게 울부짖으면서 멀리
빠져나갔어요. 졸졸 가는 물줄기 소리 외에는 모든
게 다시 조용해졌어요.

　프린느는 갈라진 틈에서 움켜잡았던 작은 물건을
끄집어내고, 다시 살살 미끄러지듯이 내려갔어요.
발이 가장자리 돌에 닿았어요. 프린느는 낡은
사다리까지 비틀비틀 걸었어요. 천천히 사다리를
기어오르며 한 걸음씩 옮길 때마다 멈춰서 숨을
고르고 떨리는 마음을 진정시켰어요. 프린느
위에서는 후드득후드득 떨어지는 굵은 빗방울들이
반쯤 열린 하수구 가장자리를 따라 흘렀어요.

드디어 프린느는 길 위로 나왔어요. 더러운
진흙덩이를 뒤집어쓰고, 오들오들 떨며 공포에 질려
있었지요. 프린느는 비틀거리며 집까지 걸었어요.

따뜻한 물이 프린느의 얼굴과 머리를 때리고,
몸을 따라 줄줄 흐르면서 악취 나는 하수도의
진흙덩이들을 깨끗이 씻어 냈어요. 그 끔찍했던
기억도요.
일 층에서 찰칵하고 현관문 소리가 났어요.

프린느는 재빨리 샤워기 물을 잠갔어요. 엄마가
떨리는 목소리로 프린느를 불렀어요. 프린느는 얼른
수건으로 몸을 가리고, 쪼르르 계단을 내려갔어요.
하마터면 넘어질 뻔했지요.

　엄마는 지친 표정으로 현관 복도에 서 있었어요.
엄마 품에는 머리에 칭칭 붕대를 감아 부활절 달걀
같은 토마스가 안겨 있었고요.

엄마가 말했어요.

"폭풍우 때문에 엄마가 얼마나 걱정했는지 아니?
병원에서 오 분마다 너한테 전화하려고 했는데…….
엄마 미치는 줄 알았어. 처음엔 토마스, 그다음엔 너
때문에……."

엄마는 거실 소파에 토마스를 조심스럽게
내려놓았어요.

프린느가 물었어요.

"토마스가 왜 이래요?"

"욕조에서 다쳤어!"

전화벨이 울렸어요.

"잠깐만 동생 좀 봐 줘. 아마 아빠일 거야……."

프린느는 동생 옆에 앉아 동생의 손을 잡았어요.
토마스 얼굴에 희미하게 웃음이 스쳤어요. 붕대를
칭칭 감은 모습이 웃길 수도 있지만, 프린느의
눈가는 촉촉해졌어요.

엄마가 전화기에 대고 말했어요.

"나도 어떻게 된 건지 모르겠어. 토마스가 프린느 없다고 혼자서는 목욕을 안 하려고 하는 거야. 난 억지로 욕조에 넣으려고 했는데, 녀석이 욕조에서 빠져나오려고 발버둥 치다 중심을 잃고…… 수챗구멍 마개 줄을 잡아당기며 휙 나자빠졌어. 비누를 밟고 넘어졌는지, 나도 모르겠어! 암튼 욕조 모퉁이에 머리를 박았어. 다행히 걱정한 것보다는 나아. 피가 많이 났지만, 의사 선생님이 괜찮대. 삼사 일 지나면 붕대를 풀 수 있대. 아, 당신이 봤더라면! 아니야, 아니야. 애는 괜찮아. 프린느도……. 그런데 토마스가 왜 그렇게 겁을 먹었는지 모르겠어. 아무리 물어봐도 도무지 말하려고 하지 않아! 당신 아들 알잖아. 그 황소고집 말이야……."

프린느는 동생에게 조용히 말했어요.

"미안해. 다 내 잘못이야……. 너한테 수챗구멍
속 악어 얘기 따위는 하지 말았어야 했는데. 그건
사실이 아니라 다 지어낸 말이야……."

토마스가 누나를 쳐다보며 이맛살을 찌푸렸어요.

프린느는 손에 꼭 쥐고 있던 뾰족한 작은 물건을
내밀었어요.

"받아. 네 거야."

토마스의 손에 초록색 플라스틱 악어가 쥐어지자,
토마스의 눈이 휘둥그레졌어요.

"이거…… 내 악어잖아……. 어떻게 된 거야?"

"하수도에서 찾았어."

프린느는 별일 아니라는 듯이 말했어요.

"얘기해 줘! 얘기해 줘!"

"싫어, 싫어. 난 벌써 너한테 말도 안 되는 얘길 해서 널 다치게 했어. 내가 그 바보 같은 얘기만 안 했어도 너한테 아무 일도 없었을 텐데."

"얘기해 줘!"

"얘기할 게 없다니까. 그냥 하수도에 내려갔는데, 하수도 물이 소용돌이치며 차오르는 바람에 물에 빠질 뻔했어……."

토마스가 말을 끊었어요.

"아니, 그렇게 시시하게 말고. 누나가 하던 대로 해 줘. 나는 누나가 으스스하게 이야기해 주는 게 좋더라."

토마스는 눈을 반짝거리며 누나의 손을 꼭 잡았어요.

"제발……."

토마스는 간절하게 부탁했어요.

프린느는 망설이다 어떻게 말할까 생각하기 시작했어요.

"거기는 또 다른 세상이었어. 이제껏 우리 발아래 그런 세상이 있는 줄은 꿈에도 몰랐지……."

프린느의 눈에 안도의 눈물이 고이고, 눈물 너머로 토마스가 환하게 웃었어요.

옮긴이의 말

참 신기해요. 형제자매는 같은 부모 밑에서 태어났지만, 그렇게 잘 싸울 수가 없어요. 만날 싸우다 보면 지칠 만도 한데, 결코 지치는 법도 없고 말이에요. 글 작가 크리스티앙 레만 선생님은 이런 아이들의 일상에서 《우리 집 하수도에 악어가 산다》라는 재미난 이야기를 지어냈어요.

주인공 프린느는 느긋하게 혼자서 목욕하는 걸 즐겨요. 그런데 갑자기 남동생이랑 같이 목욕해야 하는 불쌍한 신세가 되고 말아요. 장난꾸러기 동생은 제멋대로 굴고 누나를 괴롭히는데도, 프린느는 하소연할 데가 없어요. 엄마는 그저 "네가 누나니까……."라고만 해요. 후유, 이렇게 억울할 데가 어디 있어요?

프린느는 다시 욕조를 차지하기 위해 복수의 계획을 세워요. 바로 이야기를 지어내는 거지요. 하지만 이야기에 너무 빠져 버렸나 봐요. 동생이 진짜로 수챗구멍 속으로 빨려 들어갔다고, 수챗구멍 속 악어에게 잡아먹혔다고 착각한 나머지 동생의 원수를 갚으러 하수도로 들어가거든요. 갑자기 이야기가 으스스해지지만, 다행히 모두 무사하며 행복하게 끝나지요.

처음《우리 집 하수도에 악어가 산다》를 읽고 있을 때, 초등학교 일 학년인 조카 녀석이 어떤 책이냐고 물었어요. 순간, 좋은 생각이 떠올랐지요. 녀석은 목욕하는 걸 되게 싫어하거든요. 그래서 이 책에서 힌트를 얻어 저도 이야기를 지어 봤어요. 욕조 밑에는 악어들이 우글거리는데, 이 녀석들을 해치울 방법은 사람의 더러운 때밖에 없다고 말이에요. 욕조에서 물 빠질 때 나는 걸걸한 소리는 구정물을 꼴깍꼴깍 삼키며 죽어 가는 악어 소리라고 했지요. 그랬더니 그날부터 조카가 악어를 잡겠다고 얼마나 열심히 목욕하는지 몰라요. 어설프고 황당무계해도 뭐, 해를 끼치지는 않았으니까(오히려 좋은 효과를 냈으니까) 이 정도면 괜찮지요?

이정주